# LA TOUSSAINT

LA

# TOUSSAINT

*Les morts gouvernent les vivants.*

AUGUSTE COMTE.

---

PARIS

IMPRIMERIE JOUAUST ET FILS

RUE SAINT-HONORÉ, 338

1864

A MONSIEUR P. LAFFITTE

J.-B. FOUCART.

*Paris*, 19 *Moïse* 74.

( 19 *Janvier* 1864. )

# LA TOUSSAINT

*L'Élysée où va ma prière*
*N'est point au fond des cieux glacés;*
*J'y vois régner dans la lumière*
*Les grands hommes des temps passés;*
*Les siècles aux voiles funèbres*
*Des noirs replis de leurs ténèbres*
*N'ont pas couvert leur souvenir :*
*Dans leurs œuvres survit leur âme,*
*Et, comme du caillou la flamme,*
*De leur voix jaillit l'avenir.*

*C'est à vous que vont nos hommages,*
*Héros des temps évanouis,*
*Phares brillant dans les nuages,*
*Contemporains de tous les âges,*
*Citoyens de tous les pays.*

I

*Surgissez du fond de l'Histoire,*
*Initiateurs des mortels;*
*Au temple de notre mémoire*
*Montez, créateurs des autels,*
*Prêtres, Théocrates sublimes,*
*Vous dont cent peuples anonymes*
*Ont suivi le pas triomphant;*
*Vous qui, du fond des sanctuaires,*
*A des tuteurs imaginaires*
*Fîtes obéir l'homme enfant.*

*De l'oubli percez les nuages,*
*Prêtres des temps évanouis,*
*Et devenez par nos hommages*
*Contemporains de tous les âges,*
*Citoyens de tous les pays.*

## II

*Prenez place auprès des prophètes,*
*Aèdes à la bouche d'or,*
*Seconds pères des dieux, Poëtes*
*Dont les voix nous bercent encor.*
*Marche à leur tête, vieil Homère :*
*L'Olympe était une chimère,*
*Mais tes vers seront éternels;*
*Si nous accueillons d'un sourire*
*Les fables que chantait ta lyre,*
*Tu survis à tes immortels.*

*D'un héros mort sculptons l'image,*
*Son marbre aura le même sort;*
*Mais son nom dans les chants surnage,*
*Homère, et, grâce à ton hommage,*
*Il a vaincu deux fois la mort.*

## III

*Soulevez un pan du symbole*
*Qui voilait la réalité;*
*Qu'aux ordres de votre parole*
*Tout dieu se change en entité;*
*D'une autre foi montrez l'aurore,*
*Sages de l'Hellas, Pythagore,*
*Socrate, et toi, charmant Platon,*
*Quand près de vous le Stagirite,*
*Après Thalès, déjà médite*
*L'état normal de la raison.*

*Des Mythes chassez les nuages,*
*Sages des temps évanouis;*
*Vous deviendrez par nos hommages*
*Contemporains de tous les âges,*
*Citoyens de tous les pays.*

## IV

*L'homme croyait, il faut qu'il pense :*
*Archimède, Apollonius,*
*Tracez sa voie à la science*
*Parmi les chemins méconnus;*
*Il faut deux mille ans pour vous suivre :*
*Que nous importe? Ouvrez le livre*
*Dont chaque siècle épelle un mot;*
*Pour abreuver un jour le monde,*
*Creusez, Savants : sous votre sonde*
*La vérité doit sourdre à flot.*

*A vous nos éternels hommages,*
*Savants des temps évanouis;*
*Vous avez entr'ouvert les pages*
*Que feuilletteront tous les âges*
*Pour éclairer tous les pays.*

## V

*Salut, Grèce, jeune guerrière!*
*Tu veux chez toute nation*
*Porter ton sceptre et ta lumière,*
*Et tu meurs, faute d'union;*
*Tu meurs, et Rome est triomphante;*
*Mais Rome se fait ta servante*
*Pour préparer un temps nouveau,*
*Et César, vainqueur de la Gaule,*
*A la France transmet ton rôle,*
*Avec son glaive et ton flambeau.*

*Recevez nos justes hommages,*
*Guerriers des temps évanouis,*
*Qui, disciplinant les courages,*
*Rêviez, au seuil des premiers âges,*
*L'unité de tous les pays.*

## VI

*Rome fait l'unité du glaive,*
*Mais la discorde reste aux cœurs;*
*Saint Paul, en un sublime rêve,*
*Rapproche vaincus et vainqueurs.*
*A la chaîne spirituelle*
*D'une croyance universelle*
*Il veut lier sujet et roi :*
« *Du patron le serf est le frère;*
« *Hommes, vous n'avez qu'un seul père;*
« *N'ayez qu'un autel, qu'une foi!* »

*Ta foi, Paul, malgré tes présages,*
*N'eut point l'universalité;*
*Mais tu courbas des fronts sauvages :*
*Revis donc, à travers les âges,*
*Dans le sein de l'Humanité.*

## VII

*La nuit vient, nuit sombre et sans phares;*
*L'Occident entier prend le deuil;*
*Chaque jour des flots de barbares*
*De Rome foulent le cercueil;*
*Arrêtant leur cours, Charlemagne*
*Fait un limon pour l'Allemagne*
*De ce torrent dévastateur.*
*La féodalité peut naître :*
*A côté de la voix du prêtre*
*Va parler la voix de l'honneur.*

*Moines, au sein des monastères,*
*Achevez l'œuvre des guerriers;*
*Gloire à vous! Gloire à vos bannières,*
*Qui s'inclinaient devant nos mères,*
*Ombres des loyaux chevaliers!*

## VIII

*Vous éclairez, pures étoiles,*
*La nuit de ces siècles de fer*
*Dont Dante souleva les voiles*
*Dans les cercles de son enfer.*
*Pâle, sombre, de pleurs trempée,*
*Son incomparable épopée*
*Est pleine d'épouvantement;*
*Il peint un chaos transitoire,*
*Mais du fond de ce purgatoire*
*Son doigt montre le firmament.*

*Ainsi que Dante eut pour bon ange*
*Virgile au front toujours serein,*
*Dans la brume d'un temps étrange,*
*Morts glorieux, votre phalange*
*Servit de phare au genre humain.*

## IX

*Aussi déjà l'ombre recule :*
*Des lueurs dorent l'horizon,*
*Voici venir le crépuscule,*
*Bientôt va luire la raison;*
*Gutenberg, par l'imprimerie,*
*Chercheurs, crée une artillerie*
*Pour vos pacifiques combats;*
*Pointez bien l'humaine pensée :*
*Avec la presse elle est lancée*
*Où les canons n'atteindraient pas.*

*Gutenberg, à toi nos hommages :*
*Tous les temps par toi sont unis;*
*Tu ravives les grandes pages*
*Que nous léguèrent tous les âges*
*Pour éclairer tous les pays.*

## X

*Ainsi qu'au soleil qui s'avance*
*Le coq jette son gai bonjour,*
*Poëtes de la Renaissance,*
*Donnez au monde un chant d'amour.*
*Que tous les trésors qu'il déploie*
*D'une incommensurable joie*
*Emplissent vos cœurs et vos yeux;*
*Cherchez-y les béatitudes*
*Qu'en fuyant vers les solitudes*
*Le chrétien rêvait dans les cieux.*

*Placez sur cette terre même*
*L'idéal que doit créer l'art,*
*Et, malgré l'antique anathème,*
*Vos fronts ceindront le diadème,*
*Shakspeare, Molière, Mozart.*

## XI

*Sur l'aveuglement de notre âme*
*Épanche les clartés du jour,*
*Flambeau du vrai, fournis la flamme*
*Qui doit allumer notre amour.*
*Que tout dogme incompréhensible,*
*Que tout problème inaccessible,*
*Soient mis hors de notre examen;*
*Par les rudes sentiers du doute,*
*Descartes, marche vers la route*
*Que doit suivre le genre humain.*

*Viens, ô Vérité, remédie*
*A l'âpreté de notre faim.*
*En vain la foi te répudie,*
*Toujours l'humanité mendie*
*Quelques miettes de ton pain.*

## XII

*Devant toi mon front se prosterne,*
*Frédéric, philosophe et roi.*
*Ton sceptre à la raison moderne*
*Ne voulut point faire la loi :*
*A tout ce qui nous civilise,*
*A tout penseur, à toute église,*
*Tu laissas le droit de cité,*
*Et, limitant chaque puissance,*
*Tu sus préparer l'alliance*
*De l'ordre et de la liberté.*

*Modèle des rois et des sages,*
*Libres à la fois et soumis,*
*Nous te sacrons par nos hommages*
*Contemporain de tous les âges,*
*Citoyen de tous les pays.*

## XIII

*Par une méthode féconde*
*Qu'animent d'incessants efforts,*
*Newton trouve les lois du monde,*
*Lavoisier explique les corps;*
*Grâce à Gall, à Bichat, la vie*
*A des lois se montre asservie :*
*Chacun d'eux approche du but,*
*Et Comte, surpassant leur gloire,*
*Dans la loi qui régit l'histoire*
*Trouve le secret du salut.*

*Reçois nos plus ardents hommages,*
*Vienne ton règne, Humanité!*
*Toi que pressentirent les sages*
*Et les héros de tous les âges,*
*Guide notre postérité.*

*Puisse ton ascendant suprême*
*A si haut point nous enflammer*
*Que nous nous changions en toi-même*
*A force de savoir t'aimer!*
*Puissions-nous monter, sur ton aile,*
*A l'harmonie universelle,*
*Ainsi qu'aux temples, tous les soirs,*
*Au haut de la voûte embaumée*
*S'élève la sainte fumée*
*Que balancent les encensoirs.*

*C'est à toi que vont nos hommages;*
*En toi nous serons tous unis,*
*Car tu poursuis, dans les orages,*
*La solidarité des âges,*
*L'union de tous les pays.*

FIN.

Cette Ode, tirée à petit nombre, n'est pas dans le commerce.

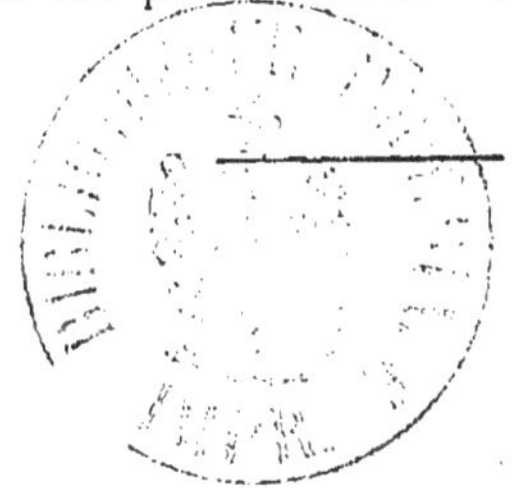

www.ingramcontent.com/pod-product-compliance
Ingram Content Group UK Ltd.
Pitfield, Milton Keynes, MK11 3LW, UK
UKHW020453220726
13923UKWH00006B/2514

9 782019 257569